سیاہ حاشیے

سعادت حسن منٹو

انتساب

اس آدمی کے نام

جس نے اپنی خونریزیوں کا ذکر کرتے ہوئے کہا

"جب میں نے ایک بڑھیا کو مارا تو مجھے ایسا لگا مجھ سے قتل ہو گیا ہے۔"

ساعتِ شیریں

اطلاع موصول ہوئی ہے کہ مہاتما گاندھی کی موت پر اظہارِ مسرت کے لیے امرتسر، گوالیار اور بمبئی میں کئی جگہ لوگوں میں شیرینی بانٹی گئی۔

(ا۔پ)

مزدوری

لوٹ کھسوٹ کا بازار گرم تھا، اس گرمی میں اضافہ ہو گیا جب چاروں طرف آگ بھڑکنے لگی۔

ایک آدمی ہارمونیم کی پیٹی اٹھائے خوش خوش گاتا جا رہا تھا۔ "جب تم ہی گئے پردیس لگا کر ٹھیس او پیتم پیارا، دنیا میں کون ہمارا۔"

ایک چھوٹی عمر کا لڑکا جھولی میں پاپڑوں کا انبار ڈالے بھاگا جا رہا تھا، ٹھوکر لگی تو پاپڑوں کی ایک گڈی اس کی جھولی سے گر پڑی۔ لڑکا اسے اٹھانے کیلئے جھکا تو ایک آدمی نے، جس نے سر پر سلائی مشین اٹھائی ہوئی تھی، اس سے کہا۔ "رہنے دے بیٹا رہنے دے۔ اپنے آپ بھن جائیں گے۔"

بازار میں دھب سے ایک بھری ہوئی بوری گری۔ایک شخص نے جلدی سے بڑھ کر اپنے چھرے سے اسکا پیٹ چاک کیا۔۔۔آنتوں کی بجائے شکر، سفید سفید دانوں والی شکر ابل کر باہر نکل آئی۔لوگ جمع ہو گئے اور اپنی جھولیاں بھرنے لگے۔ایک آدمی کرتے کے بغیر تھا اس نے جلدی سے اپنا تہبند کھولا اور مٹھیاں بھر بھر اس میں ڈالنے لگا۔

"ہٹ جاؤ ۔۔۔۔۔۔ ہٹ جاؤ۔۔۔" ایک تانگہ تازہ تازہ روغن شدہ الماریوں سے لدا ہوا گزر گیا۔

اونچے مکان کی کھڑکی میں سے ململ کا تھان پھڑپھڑاتا ہوا باہر نکلا۔ شعلے کی زبان نے ہولے سے اسے چاٹ لیا۔۔۔۔۔۔ سڑک تک پہنچا تو راکھ کا ڈھیر تھا۔

"پوں پوں۔۔۔۔ پوں پوں۔" ۔۔۔۔۔ موٹر کے ہارن کی آواز کے ساتھ دو عورتوں کی چیخیں بھی تھیں۔

لوہے کا ایک سیف دس پندرہ آدمیوں نے کھینچ کر باہر نکالا اور لاٹھیوں کی مدد سے اس کو کھولنا شروع کیا۔

"گواینڈ گیٹ۔" دودھ کے کئی ٹین دونوں ہاتھوں پر اٹھائے اپنی ٹھوڑی سے ان کو سہارا دیئے ہوئے ایک آدمی دکان سے باہر نکلا اور آہستہ آہستہ بازار میں چلنے لگا۔

بلند آواز آئی "آؤ آؤ لیمونیڈ کی بوتلیں پیو۔۔۔۔۔۔ گرمی کا موسم ہے۔" گلے میں موٹر کا ٹائر ڈالے ہوئے آدمی نے دو بوتلیں لیں اور شکریہ ادا کئے بغیر چل دیا۔

ایک آواز آئی۔ "کوئی آگ بجھانے والوں کو اطلاع دے دے۔۔۔۔ سارا مال جل جائے گا۔" کسی نے اس مفید مشورے کی طرف توجہ نہ دی۔

لوٹ کھسوٹ کا بازار اسی طرح گرم رہا، اور اس گرمی میں چاروں طرف بھڑکنے والی آگ بدستور اضافہ کرتی رہی۔ بہت دیر کے بعد تڑتڑ کی آواز آئی۔ گولیاں چلنے لگیں۔

پولیس کو بازار خالی نظر آیا۔ لیکن دور دھوئیں میں ملفوف موڑ کے پاس ایک آدمی کا سایہ دکھائی دیا۔ پولیس کے سپاہی سیٹیاں بجاتے اس کی طرف لپکے۔۔۔۔۔ سایہ تیزی سے دھوئیں کے اندر گھس گیا۔ پولیس کے سپاہی بھی اس کے تعاقب میں گئے۔

دھوئیں کا علاقہ ختم ہوا تو پولیس کے سپاہیوں نے دیکھا کہ ایک کشمیری مزدور پیٹھ پر وزنی بوری اٹھائے بھاگا چلا جارہا ہے۔ سیٹیوں کے گلے خشک ہو گئے مگر وہ کشمیری مزدور نہ رکا۔ اس کی پیٹھ پر وزن تھا، معمولی وزن نہیں، ایک بھری ہوئی بوری تھی، لیکن وہ یوں دوڑ رہا تھا جیسے پیٹھ پر کچھ ہے ہی نہیں۔

سپاہی ہانپنے لگے۔ ایک نے تنگ آکر پستول نکالا اور داغ دیا۔ گولی کشمیری مزدور کی پنڈلی میں لگی۔ بوری اس کی پیٹھ پر سے گر پڑی۔ گھبرا کر اس نے اپنے پیچھے آہستہ آہستہ بھاگتے ہوئے سپاہیوں کو دیکھا۔ پنڈلی سے بہتے ہوئے خون کی طرف بھی اس نے غور کیا۔ لیکن ایک ہی جھٹکے سے بوری اٹھائی اور پیٹھ پر ڈال کر پھر بھاگنے لگا۔

سپاہیوں نے سوچا۔ "جانے دو، جہنم میں جائے۔"

ایک دم، لنگڑا کشمیری مزدور لڑکھڑایا اور گر پڑا۔ بوری اس کے اوپر آ رہی۔

سپاہیوں نے اسے پکڑ لیا اور بوری سمیت لے گئے۔

راستے میں کشمیری مزدور نے بارہا کہا۔ "حضرت آپ مجھے کیوں پکڑتی ہے ---- میں تو غریب آدمی ہوتی ----- چاول کی ایک بوری لیتی ----- گھر میں کھاتی --------- آپ ناحق مجھے گولی مارتی۔" لیکن اس کی ایک نہ سنی گئی۔

تھانے میں بھی کشمیری مزدور نے اپنی صفائی میں بہت کچھ کہا۔

حضرت، دوسرا لوگ بڑا بڑا مال اٹھاتی ------ میں تو فقط ایک چاول کی بوری لیتی ------ حضرت، میں بہت غریب ہوتی۔ ہر روز بھات کھاتی۔"

جب وہ تھک ہار گیا تو اس نے اپنی میلی ٹوپی سے ماتھے کا پسینہ پونچھا اور چاولوں کی بوری کی طرف حسرت بھری نگاہوں سے دیکھ کر تھانیدار کے آگے ہاتھ پھیلا کر کہا۔ "اچھا حضرت، تم بوری اپنے پاس رکھ --------- میں اپنی مزدوری مانگتی --------- چار آنے۔"

تعاون

چالیس پچاس لٹھ بند آدمیوں کا ایک گروہ لوٹ مار کیلئے ایک مکاں کی طرف بڑھ رہا تھا۔

دفعتہً اس بھیڑ کو چیر کر ایک دبلا پتلا ادھیڑ عمر کا آدمی باہر نکلا۔ پلٹ کر اس نے بلوائیوں کو لیڈرانہ انداز میں مخاطب کیا۔ "بھائیو، اس مکاں میں بے اندازہ دولت ہے، بے شمار قیمتی سامان ہے۔ آؤ ہم سب مل کر اس پر قابض ہو جائیں اور مالِ غنیمت آپس میں بانٹ لیں۔"

ہوا میں کئی لاٹھیاں لہرائیں، کئی مکے بھنچے اور بلند و بانگ نعروں کا ایک فوارہ سا چھوٹ پڑا۔

چالیس پچاس لٹھ بند آدمیوں کا گروہ دبلے پتلے ادھیڑ عمر کے آدمی کی قیادت میں اس مکاں کی طرف تیزی سے بڑھنے لگا جس میں بے اندازہ دولت اور بے شمار قیمتی ساماں تھا۔

مکاں کے صدر دروازے کے پاس رک کر دبلا پتلا آدمی پھر بلوائیوں سے مخاطب ہوا۔ "بھائیو، اس مکاں میں جتنا مال بھی ہے سب تمہارا ہے، لیکن دیکھو چھینا جھپٹی نہیں کرنا۔۔۔۔ آپس میں نہیں لڑنا۔۔۔۔ آؤ۔"

ایک چلایا "دروازے میں تالا ہے۔"

دوسرے نے بآواز بلند کہا۔ "توڑ دو۔"

"توڑ دو۔۔۔۔ توڑ دو۔"

ہوا میں کئی لاٹھیاں لہرائیں، کئی مکے بھنچے اور بلند با. بگ نعروں کا ایک فوارہ سا چھوٹ پڑا۔

دبلے پتلے آدمی نے ہاتھ کے اسارے سے دروازہ توڑنے والوں کو روکا اور مسکرا کر کہا۔ "بھائیو ٹھہرو۔۔۔۔۔ میں اسے چابی سے کھولتا ہوں۔"

یہ کہہ کر اس نے جیب سے چابیوں کا گچھا نکالا اور ایک چابی منتخب کرکے . ی الے میں ڈالی اور اسے کھول دیا۔ شیشم کا بھاری بھرکم دروازہ ایک چیخ کے ساتھ وا ہوا تو ہجوم دیوانہ وار اندر داخل ہونے کیلئے آگے بڑھا۔ دبلے پتلے آدمی نے ماتھے کا پسینہ اپنی آستین سے پو ر . چھ یے ہوئے کہا۔ "بھائیو، آرام آرام سے، جو کچھ اس مکاں میں ہے سب ر ی مھارا ہے، پھر اس میں افرا تفری کی کیا ضرورت ہے؟"

فوراً ہی ہجوم میں ضبط پیدا ہو گیا۔ ایک ایک کرکے بلوائی مکاں کے اندر داخل ہونے لگے، لیکن جونہی چیزوں کی لوٹ شروع ہوئی پھر دھاندلی مچ گئی۔ بڑی بے رحمی سے بلوائی چیزوں پر ہاتھ صاف کرنے لگے۔

دبلے پتلے آدمی نے جب یہ منظر دیکھا تو بڑی دکھ بھری آواز میں لٹیروں سے کہا۔ "بھائیو، آہستہ آہستہ۔۔۔۔۔۔ آپس میں لڑنے جھگڑنے کی کوئی ضرورت نہیں۔ نوچ کھسوٹ کی بھی کوئی ضرورت نہیں۔ تعاون سے کام لو۔ اگر کسی کے ہاتھ زیادہ قیمتی چیز آگئی ہے تو حاسد مت بنو۔ اتنا بڑا مکاں ہے۔ اپنے لئے کوئی

اور چیز دھو، ڈ مدلو، مگر ایسا کرتے ہوئے وحشی نہ بنو۔۔۔۔۔۔مار دھاڑ کروگے تو چیزیں ٹوٹ جائیں گی۔ اس میں نقصاں ر ی مھارا ہی ہے۔"

لٹیروں میں ایک بار پھر نظم و ضبط پیدا ہو گیا۔ بھرا ہوا مکاں آہستہ آہستہ خالی ہونے لگا۔

دبلا پتلا آدمی وقتاً فوقتاً ہدایت دیتا رہا۔ "دیکھو بھیا یہ ریڈیو ہے۔۔۔ آرام سے اٹھاؤ ر ، ایسا نہ ہو ٹوٹ جائے۔ یہ اس کے ی ار بھی ساتھ لیتے جاؤ ر ۔"

"تہہ کر لو بھائی۔ اسے تہہ کر لو، اخروٹ کی لکڑی کی تپائی ہے۔ ہاتھی دا ت کی پچی کاری ہے، بڑی ی ازک ہے۔۔۔۔۔۔ ہاں اب ٹھیک ہے۔"

نہیں نہیں، یہاں مت پیو، بہک جاؤ ر گے۔ اسے گھر لے جاؤ۔"

ٹھہرو، ٹھہرو، مجھے مین سوئچ بند کر لینے دو، ایسا نہ ہو کر ٹ کا دھکا لگ جائے۔"

اتنے میں ایک کونے سے شور بلند ہوا۔ چار بلوائی ریشمی کپڑے کے ایک تھان پر چھینا جھپٹی کر رہے تھے۔ دبلا پتلا آدمی تیزی سے ان کی طرف بڑھا اور ملامت بھرے لہجے میں ان سے کہا۔ "تم کتنے بے سمجھ ہو۔ چندی چندی ہو جائے گی ایسے قیمتی کپڑے کی۔ گھر میں سب چیزیں موجود ہیں۔ گز بھی ہو گا۔ تلاس کرو اور ماپ کر کپڑا آپس میں تقسیم کر لو۔"

دفعتاً کتے کے بھونکنے کی آوار آئی۔ "عف، عف، عف۔" اور چشم زدن میں ایک بہت بڑا گدی کتا ایک جیپ کے ساتھ اندر لپکا اور لپکتے ہی اس نے دو تین لٹیروں کو بھنبھوڑ دیا۔ دبلا پتلا آدمی چلایا۔ "ٹائیگر، ٹائیگر۔"

ٹائیگر جس کے خوفناک منہ میں ایک لٹیرے کا نچا ہوا گریباں تھا، دم ہلاتا ہوا دبلے پتلے آدمی کی طرف نگاہیں نیچی کئے قدم اٹھانے لگا۔

کتے کے آتے ہی سب لٹیرے بھاگ گئے تھے۔ صرف ایک باقی رہ گیا تھا جس کے گریباں کا ٹکڑا ٹائیگر کے منہ میں تھا۔ اس نے دبلے پتلے آدمی کی طرف دیکھا اور پوچھا۔ "کون ہو تم؟"

دبلا پتلا آدمی مسکرایا گھر کا مالک۔۔۔۔۔ دیکھو دیکھو تمہارے ہاتھ سے کانچ کا مرتباں گر رہا ہے۔

تقسیم

ایک آدمی نے اپنے لیے لکڑی کا ایک بڑا صندوق منتخب کیا جب اسے اٹھانے لگا تو وہ اپنی جگہ سے ایک انچ بھی نہ ہلا۔

ایک شخص نے جسے شاید اپنے مطلب کی کوئی چیز مل ہی نہیں رہی تھی، صندوق اٹھانے کی کوشش کرنے والے سے کہا۔

میں تمہاری مدد کروں؟"

صندوق اٹھانے کی کوشش کرنے والا امداد لینے پر راضی ہو گیا۔ اس شخص نے جسے اپنے مطلب کی کوئی چیز مل نہیں رہی تھی، اپنے مضبوط ہاتھوں سے صندوق کو جنبش دی اور اٹھا کر اپنی پیٹھ پر دھر لیا، دوسرے نے سہارا دیا، دونوں باہر نکلے۔

صندوق بہت بوجھل تھا۔ اس کے وزن کے نیچے، اٹھانے والے کی پیٹھ چیخ رہی تھی، ٹانگیں دوہری ہوتی جا رہی تھیں۔ مگر انعام کی توقع نے اس جسمانی مشقت کا احساس نیم مردہ کر دیا تھا۔

صندوق اٹھانے والے کے مقابلے میں صندوق کو منتخب کرنے والا بہت ہی کمزور تھا۔ سارا راستہ وہ صرف ایک ہاتھ سے سہارا دے کر اپنا حق قائم رکھتا رہا۔ جب دونوں محفوظ مقام پر پہنچ گئے تو صندوق کو ایک طرف رکھ کر ساری مشقت برداشت کرنے والے نے کہا۔ "بولو، اس صندوق کے مال میں سے مجھے کتنا ملے گا۔"

صندوق پر پہلی نظر ڈالنے والے نے جواب دیا۔ "ایک چوتھائی۔"

"بہت کم ہے۔"

"کم بالکل نہیں، زیادہ ہے، اس لئے کہ سب سے پہلے میں نے ہی اس پر ہاتھ ڈالا تھا۔"

ٹھیک ہے، لیکن یہاں ، یک اس کمر توڑ بوجھ کو اٹھاکے لایا کون ہے؟"

"آدھے آدھے پر راضی ہو؟"

"ٹھیک ہے، کھولو صندوق۔"

صندوق کھولا گیا تو اس میں سے ایک آدمی باہر ، کلا، ہاتھ میں تلوار تھی۔ باہر ، کلہ یے ہی اس نے دونوں حصہ داروں کو چار حصوں میں تقسیم کر دیا۔

جا ، ، ر استعمال

دس راو ، مد چلانے اور تین آدمیوں کو زخمی کرنے کے بعد پٹھان آخر بسرح رو ہو ہی گیا۔

ایک افراتفری مچی تھی۔ لوگ ایک دوسرے پر گر رہے تھے، چھینا جھپٹی ہو رہی تھی، مار دھاڑ بھی جاری تھی۔ پٹھان اپنی بندوق لئے گھسا اور تقریباً ایک گھنٹہ کشتی لڑنے کے بعد تھرموس بو ، ل پر ہاتھ صاف کرنے میں کامیاب ہو گیا۔

پولیس پہنچی تو سب بھاگے ---- پٹھان بھی۔

ایک گولی اس کے داہنے کان کو چاٹتی ہوئی نکل گئی، پٹھان نے اس کی بالکل پروا نہ کی اور بسرح ر ، گ کی تھرموس بو ، ل کو اپنے ہاتھ میں مضبوطی سے تھامے رکھا۔

اپنے دوستوں کے پاس پہنچ کر اس نے سب کو بڑے فخریہ انداز میں تھرموس بوتل دکھائی۔ ایک نے مسکرا کر کہا۔۔۔۔۔۔ "خاں صاحب آپ یہ کیا اٹھا لائے ہیں۔"

خاں صاحب نے پسندیدہ نظروں سے بوتل کے چمکتے ہوئے ڈھکنے کو دیکھا اور پوچھا۔ "کیوں؟"

یہ تو ٹھنڈی چیزیں ٹھنڈی اور گرم چیزیں گرم رکھنے والی بوتل ہے۔"

خاں صاحب نے بوتل اپنی جیب میں رکھ لی۔ "خو ام اس میں نسوار ڈالے گا۔۔۔۔۔۔ گرمیوں میں گرم رہے گی، سردیوں میں سرد۔"

بے خبری کا فائدہ

لبلبی دبی۔۔۔۔ پستول سے جھنجھلا کر گولی باہر نکلی۔

کھڑکی میں سے باہر جھانکنے والا آدمی اسی جگہ دوہرا ہو گیا۔

لبلبی تھوڑی دیر بعد پھر دبی۔۔۔۔۔۔ دوسری گولی بھنبھناتی ہوئی باہر نکلی۔

سڑک پر ماشکی کی مشک پھٹی۔ اوندھے منہ گرا اور اس کا لہو مشک کے پانی میں حل ہو کر بہنے لگا۔

لبلبی تیسری بار دبی۔۔۔۔۔۔۔ نشانہ چوک گیا۔ گولی ایک گیلی دیوار میں جذب ہو گئی۔

چوتھی گولی ایک بوڑھی عورت کی پیٹھ میں لگی۔۔۔۔۔۔۔۔ وہ چیخ بھی نہ سکی اور وہیں ڈھیر ہو گئی۔

پانچویں اور چھٹی گولی بیکار گئی۔ کوئی ہلاک ہوا نہ زخمی۔

گولیاں چلانے والا بھنا گیا۔ دفعتاً سڑک پر ایک چھوٹا سا بچہ دوڑتا ہوا دکھائی دیا۔ گولیاں چلانے والے نے پستول کا منہ اس طرف موڑا۔

اس کے ساتھی نے کہا۔ "یہ کیا کرتے ہو؟"

گولیاں چلانے والے نے پوچھا۔ "کیوں؟"

"گولیاں تو ختم ہو چکی ہیں۔"

"تم خاموش رہو۔۔۔۔۔۔۔۔۔ اتنے سے بچے کو کیا معلوم۔"

مناسب کاروائی

جب حملہ ہوا تو محلے میں سے اقلیت کے کچھ آدمی تو قتل ہو گئے، جو باقی تھے جانیں بچا کر بھاگ نکلے۔ ایک آدمی اور اس کی بیوی البتہ اپنے گھر کے تہہ خانے میں چھپ گئے۔

دو دن اور دو راتیں پناہ یافتہ میاں بیوی نے قاتلوں کی متوقع آمد میں گزار دیں، مگر کوئی نہ آیا۔

دو دن اور گزر گئے۔ موت کا ڈر کم ہونے لگا۔ بھوک اور پیاس نے زیادہ ستانا شروع کیا۔

چار دن اور بیت گئے، میاں بیوی کو زندگی اور موت سے کوئی دلچسپی نہ رہی۔ دونوں جائے پناہ سے باہر نکل آئے۔

خاوند نے بڑی نحیف آواز میں لوگوں کو اپنی طرف متوجہ کیا اور کہا۔ "ہم اپنا آپ تمہارے حوالے کرتے ہیں۔۔۔۔۔۔۔ ہمیں مار ڈالو۔"

جن کو متوجہ کیا گیا تھا وہ سوچ میں پڑ گئے۔ "ہمارے دھرم میں تو جیو ہتیا پاپ ہے۔"

وہ سب جینی تھے۔ لیکن انہوں نے آپس میں مشورہ کیا اور میاں بیوی کو مناسب کارروائی کیلئے دوسرے محلے کے آدمیوں کے سپرد کر دیا

کرامات

لوٹا ہوا مال برآمد کرنے کیلئے پولیس نے چھاپے مارنے شروع کئے۔

لوگ درے کے مارے لو۔ ؟ ما ہو امال رائے کے اندھیرے میں باہر پھینکنے لگے، کچھ ایسے بھی تھے جنہوں نے اپنامال بھی موقع پا کر اپنے سے علیحدہ کر دیا، ۔ ماکہ قانونی گرفت سے بچیں رہیں۔

ایک آدمی کو بہت دقت پیش آئی۔ اس کے پاس شکر کی دو بوریاں تھیں جو اس نے پد۔ ساری کی دکاں سے لوٹی تھیں۔ ایک تو وہ جوں کی توں رائے کے اندھیرے میں پاس والے کنوئیں میں پھینک آیا لیکن جب دوسری اٹھا کر اس میں ڈالنے لگا تو خود بھی ساتھ چلا گیا۔

شور سن کر لوگ اکھ ے ہوگئے۔ کنوئیں میں رسیاں ڈالی گئیں۔ دو جواں نیچے اترے اور اس آدمی کو باہر نکال لیا۔ لیکن چند گھ ۔ ۔ ٹ وں کے بعد وہ مر گیا۔

دوسرے دن جب لوگوں نے استعمال کیلئے اس کنوئیں میں سے پانی نکالا تو وہ میٹھا تھا۔

اسی رائے اس آدمی کی قبر پر د ۔۔۔ ے جل رہے تھے۔

اصلاح

"کوں ہو تم؟"

"تم کوں ہو۔"

"ہر ہر مہادیو۔۔۔۔۔۔ ہر ہر مہادیو۔"

"ہر ہر مہادیو۔"

"ثبوت کیا ہے؟"

"ثبوت۔۔۔۔۔۔۔۔ میرا نام دھرم چند ہے۔"

"یہ کوئی ثبوت نہیں۔"

"چار ویدوں میں سے کوئی بھی بات مجھ سے پوچھ لو۔"

"ہم ویدوں کو نہیں جانتے۔۔۔۔۔۔۔۔ ثبوت دو۔"

"کیا؟"

"پائجامہ ڈھیلا کرو۔"

پائجامہ ڈھیلا ہوا تو ایک شور مچ گیا۔ "مار ڈالو۔۔۔۔ مار ڈالو۔"

"ٹھہرو ٹھہرو۔۔۔۔ میں تمہارا بھائی ہوں۔۔۔۔ بھگوان کی قسم تمہارا بھائی ہوں۔"

"تو یہ کیا سلسلہ ہے؟"

"جس علاقے سے آرہا ہوں، وہ ہمارے دشمنوں کا تھا۔ اس لئے مجبوراً مجھے ایسا کرنا پڑا۔۔۔۔۔۔۔ صرف اپنی جان بچانے کیلئے۔۔۔۔۔۔ ایک یہی چیز غلط ہو گئی ہے۔ باقی بالکل ٹھیک ہوں۔"

"ارادو غلطی کو۔"

غلطی ارادی گئی۔۔ دھرم چند بھی ساتھ ہی ارگیا۔

جیلی

صبح بجے پٹرول پمپ کے پاس ہاتھ گاری میں برف بیچنے والے کو چھرا گھونپا گیا۔ سیاہ بجے، یکم اس کی لاس لک بچھی سٹرک پر پڑی رہی اور اس پر برف پانی بن بن گرتی رہی۔

سواسیاہ بجے پولیس لاس اٹھا کر لے گئی۔ برف اور خوں وہیں سٹرک پر پڑے رہے۔

ایک، ٹانگہ پاس سے گزرا۔ بچے نے سٹرک پر جیتے جیتے خوں کے جمے ہوئے چمکیلے لو ٹھرے کی طرف دیکھا۔ اس کے مہ میں پانی بھر آیا۔ اپنی ماں کا بارو کھینچ کر بچے نے انگلی سے اس طرف اسارہ کیا۔ "دیکھو ممی جیلی۔"

دعویِ عمل

آگ لگی تو سارا محلّہ جل گیا۔۔۔۔ صرف ایک ایک دکاں بچ گئی، جس کی پیدیانی پر یہ پورد آو یراں تھا۔۔۔۔۔

"یہاں عماریب ساری کا جملہ ساماں ملتا ہے۔"

پٹھانستان

"خو، ایک دم جلدی بولو، تم کوں اے؟"

"میں۔۔۔۔۔۔۔ میں۔۔۔۔۔"

خو شیطاں کا بچہ جلدی بولو۔۔۔۔۔۔۔ اندو اے یا مسلمین"

"مسلمین"

"خو تمہارا رسول کوں ہے؟"

"محمد خاں"

ٹیک اے۔۔۔۔۔۔۔ جاؤ۔"

خبردار

بلوائی مالکِ مکاں کو بڑی مشکلوں سے گھسیٹ کر باہر لے آئے، کپڑے جھاڑ کر وہ اٹھ کھڑا ہوا اور بلوائیوں سے کہنے لگا۔ "تم مجھے مار ڈالو لیکن خبردار جو میرے روپے پیسے کو ہاتھ لگایا۔"

ہمیشہ کی چھٹی

"پکڑ لو۔۔۔۔۔۔ پکڑ لو۔۔۔۔۔۔ دیکھو جانے نہ پائے"

شکار تھوری سی ڑدور دھوپ کے بعد پکڑ لیا گیا، جب نیزے اس کے آر پار ہونے کیلیئے آگے ڑبرھے تو اس نے لرراں بآوار میں ہگرہگرا کر کہا۔ "مجھے نہ مارو، مجھے نہ مارو۔۔۔۔۔۔ میں تعطیلوں میں اپنے گھر جا رہا ہوں۔"

حلال اور جھٹکا

"میں نے اس کی شہ رگ پر چھری رکھی۔ ہولے ہولے پھیری اور اس کو حلال کر دیا۔"

"یہ تم نے کیا کیا۔"

"کیوں"

"اس کو حلال کیوں کیا۔"

۔ مراآ، یہ ماہے اس طرح۔"

۔ مراآ، یہ "ماہے کے بچے، تجھے جھٹکا کر، ۔ ماچا ہ مدیہ ر ے تھا۔ اسطرح"

اور حلال کرنے والے کی گردن کا جھٹکا ہو گیا۔

گھاٹے کا سودا

دو دوستوں نے مل کر دس بیس لڑکیوں میں سے ایک لڑکی چنی اور بیالیس روپے دے کر اسے خرید لیا۔ رات گزار کر ایک دوست نے اس لڑکی سے پوچھا تمہارا نام کیا ہے۔"

لڑکی نے اپنا نام بتایا تو وہ بھنا گیا۔ "ہم سے تو کہا گیا تھا کہ تم دوسرے مذہب کی ہو۔"

لڑکی نے جواب دیا۔ "اس نے جھوٹ بولا تھا۔"

یہ سن کر وہ دوڑا دوڑا اپنے دوست کے پاس گیا اور کہنے لگا۔

"اس حرامزادے نے ہمارے ساتھ دھوکہ کیا ہے۔ ہمارے ہی مذہب کی لڑکی تھما دی۔۔۔۔ چلو واپس کر آئیں۔"

حیوانیت

بڑی مشکل سے میاں بیوی گھر کا تھوڑا ا ماشہ بچانے میں کامیاب ہوئے۔ جواں لڑکی تھی،اس کا کوئی پتہ نہ چلا۔ چھوٹی سی بچی تھی اس کو ماں نے اپنے سیے کے ساتھ چمٹائے رکھا۔ایک بھوری بھینس تھی اس کو بلوائی ہا کٹ کر لے گئے۔گائے بچ گئی مگر بچھڑا نہ ملا۔

میاں بیوی، ان کی چھوٹی لڑکی اور گائے ایک ایسی جگہ چھپے ہوئے تھے ، سخت اندھیری رات تھی بچی رونے لگی تو مشروع کیا تو خاموس فضا میں جیسے کوئی دھول سے لگا۔ماں نے خوفزدہ ہو کر بچی کے منہ پر ہاتھ رکھ دیا کہ دشمن سن نہ لے آواز دب گئی، باپ نے احتیاطاً اوپر کارھے کی موٹی چادر ڈال دی۔

تھوری دیر کے بعد دور سے کسی بچھڑے کی آواز آئی،گائے کے کاں کھڑے ہوئے، اٹھی اور ادھر ادھر دیوانہ وار ڈورتی د کرانے لگی۔اس کو چپ کرانے کی بہت کوشش کی گئی مگر بے سود۔

شور سن کر دشمن آ پہنچا۔ دور سے مشعلوں کی روشنی دکھائی دی۔ بیوی نے اپنے میاں سے برے غصے کے ساتھ کہا۔

"تم کیوں اس حیواں کو اپنے ساتھ لے آئے تھے۔"

کھاد

اس کی خود کشی پر اس کے ایک دو سیب نے کہا۔

بہت ہی بے وقوف تھا جی۔ میں نے لاکھ سمجھایا کہ دیکھو اگر ـ ـ ـ مہارے کیس
کاٹ دیے ـ ہیں اور مہاری داڑھی مونڈ دی ہے تو اس کا یہ مطلب نہیں کہ مہارا
دھرم ختم ہو گیا ہے۔۔۔۔۔۔ بور دہی استعمال کرو۔ واہ گورو جی نے چاہا تو ایک
برس ہی میں تم پھر ویسے کے ویسے ہو جاؤ گے۔"

کسر نفسی

چلتی گاڑی روک لی گئی، جو دوسرے مذہب کے تھے ان کو نکال نکال کر تلواروں اور گولیوں سے ہلاک کر دیا گیا۔ اس سے فارغ ہو کر گاڑی کے باقی مسافروں کی حلوے، دودھ اور پھلوں سے تواضع کی گئی۔ گاڑی چلنے سے پہلے تواضع کرنے والوں کے منتظم نے مسافروں کو مخاطب کر کے کہا۔ "بھائیو اور بہنو، ہمیں گاڑی کی آمد کی اطلاع بہت دیر میں ملی۔ یہی وجہ ہے کہ ہم جس طرح چاہتے تھے، اس طرح آپ کی خدمت نہ کر سکے۔"

استقلال

میں سکھ بننے کیلئے ہرگز تیار نہیں۔۔۔۔۔۔۔۔۔۔۔۔۔ میرا استرا واپس کر دو مجھے۔"

نگرانی میں

ا اپنے دوسیب ب کو اپنا ہم مذہب ظاہر کرکے اسے مقام پر پہنچانے کیلئے ملٹری کے ایک دستے کے ساتھ روانہ ہوا۔ راستے میں ب نے جس کا مذہب مصلحتاً بدل دیا گیا تھا۔ ملٹری والوں سے پوچھا۔ " کیوں جناب آس پاس کوئی واردات تو نہیں؟"

جواب ملا۔ " کوئی خاص نہیں۔۔۔۔فلاں محلے میں البتہ ایک کتا مارا گیا۔"

سہم کر ب نے پوچھا۔ " کوئی اور خبر؟"

جواب ملا۔ " خاص نہیں۔۔۔۔نہر میں تین کتیوں کی لاشیں ملیں۔"

ا نے ب کی خاطر ملٹری والوں سے کہا۔ "ملٹری کچھ انتظام نہیں کرتی۔"

جواب ملا کیوں نہیں۔۔۔۔سب کام نگرانی میں ہو رہا ہے۔"

جوتا

ہجوم نے رخ بدلا اور سر گنگا رام کے بت پر پل پڑا۔ لاٹھیاں برسائی گئیں، اینٹیں اور پتھر پھینکے گئے۔ ایک نے منہ پر تارکول مل دیا۔ دوسرے نے بہت سے

پرانے جوتے جمع کئے اوراں کا ہار بنا کر ہٹ کے گلے میں ڈالنے کیلئے آگے بڑھا۔
مگر پولیس آگئی اور گولیاں چلنا شروع ہوئیں۔

جوتوں کا ہار پہنانے والا زخمی ہو گیا، چنانچہ مرہم پٹی کیلئے اسے سرگنگا رام ہسپتال میں بھیج دیا گیا۔

پیش بندی

پہلی واردات ناکے کے ہوٹل کے پاس ہوئی، فوراً ہی وہاں ایک سپاہی کا پہرہ لگا دیا گیا۔

دوسری واردات دوسرے ہی روز شام کو اسٹور کے سامنے ہوئی، سپاہی کو پہلی جگہ سے ہٹا کر دوسری واردات کے مقام پر متعین کر دیا گیا۔

تیسرا کیس رات کے بارہ بجے لانڈری کے پاس ہوا۔

جب انسپکٹر نے سپاہی کو اس نئی جگہ پہرہ دینے کا حکم دیا تو اس نے کچھ دیر غور کرنے کے بعد کہا۔ "مجھے وہاں کھڑا کیجئے جہاں نئی واردات ہونے والی ہے۔"

سوری

چھری پیٹ چاک کرتی ہوئی ، ناف کے نیچے ، یک چلی گئی۔ آزار بند کٹ گیا۔ چھری مارنے والے کے منہ سے دفعۃً کلمہ ، تاسف ، نکلا۔

"چ، چ، چ، چ، مشٹیک ہو گیا۔"

رعایت

"میری آنکھوں کے سامنے میری جوان بیٹی کو نہ مارو۔"

"چلو اسی کی مان لو۔۔۔ کپڑے اتار کر ہانک دو ایک طرف۔"

صفائی پسندی

گاڑی رکی ہوئی تھی۔

تین بندوقچی ایک ڈبے کے پاس آئے۔ کھڑکیوں میں سے اندر جھانک کر انہوں نے مسافروں سے پوچھا۔ "کیوں جناب کوئی مرغا ہے۔"

ایک مسافر کچھ کہتے کہتے رہ گیا۔ باقیوں نے جواب دیا۔ "جی نہیں۔"

تھوڑی دیر کے بعد چار نیزہ بردار آئے۔ کھڑکیوں میں سے اندر جھانک کر انہوں نے مسافروں سے پوچھا۔ "کیوں جناب کوئی مرغا ورغا ہے۔"

اس مسافر نے جو پہلے کچھ کہتے کہتے رک گیا تھا، جواب دیا۔ "جی معلوم نہیں، آپ اندر آکے سنڈاس میں دیکھ لیجۓ بدیہ ہے۔"

نیزہ بردار اندر داخل ہوئے۔ سنڈاس توڑا گیا تو اس میں سے ایک مرغا نکل آیا۔

ایک نیزہ بردار نے کہا۔ "کردو حلال۔"

دوسرے نے کہا۔ "نہیں یہاں نہیں، ڈبہ خراب ہو جائے گا۔۔۔۔۔۔۔۔ باہر لے چلو۔"

صدقے اس کے

مجرا ختم ہوا، تماشائی رخصت ہوئے۔ تو استاد جی نے کہا۔ "سب کچھ لٹا پٹا کر یہاں آئے تھے۔ لیکن اللہ میاں نے چند دنوں ہی میں وارے نیارے کر دیۓ ہے۔"

اُلہ ما

"دیکھو یار، تم نے بلیک مارکیٹ کے دام بھی لئے اور ایسا ردی پٹرول دیا کہ ایک دکان بھی نہ جلی۔"

آرام کی ضرورت

"مرا نہیں۔۔۔۔۔ دیکھو ابھی جان باقی ہے۔"

"رہنے دو یار۔۔۔۔۔ میں تھک گیا ہوں۔"

قسمت

"کچھ نہیں دوست۔۔۔۔۔۔ اتنی محنت کرنے پر صرف ایک بکس ہاتھ لگا تھا پر اس میں بھی سالا سؤر کا گوشت نکلا۔"

آنکھوں پر چربی

"ہماری قوم کے لوگ بھی کیسے ہیں۔۔۔۔۔۔۔۔۔۔ پچاس سؤر اتنی مشکلوں کے بعد تلاش کر کے اس مسجد میں کاٹے۔ وہاں مندروں میں دھڑا دھڑ گائے کا گوشت بک رہا ہے۔ لیکن یہاں سؤر کا ماس خریدنے کے لئے کوئی آتا ہی نہیں۔"

****

☆☆☆

عزیزی: محتشم عبیداللہ قیصر کی
وساطت سے منگوائی۔
مظفر اقبال
۱۵ ستمبر 2023ء

Made in the USA
Middletown, DE
10 March 2023

26550699R00018